KB022266

구관조 씻기기

구관조 씻기기

황인찬 시집

민음의 시 189

민음사

自序

나무는 서 있는데 나무의 그림자가 떨고 있었다
예감과 혼란 속에서 그랬다

2012년 겨울
황인찬

차례

1부

건조과

말린 과일에서 향기가 난다 책상 아래에 말린 과일이 있다 책상 아래에서 향기가 난다

나는 말린 과일을 주워 든다 말린 과일은 살찐 과일보다 가볍군 말린 과일은 미래의 과일이다

말린 과일의 표면이 쪼글쪼글하다

말린 과일은 당도가 높고, 식재료나 간식으로 사용된다 나는 말린 과일로 차를 끓인다

말린 과일은 뜨거운 물속에서도 말린 과일로 남는다 실내에서 향기가 난다

구관조 씻기기

이 책은 새를 사랑하는 사람이
어떻게 새를 다뤄야 하는가에 대해 다루고 있다

비현실적으로 쾌청한 창밖의 풍경에서 뻗어
나온 빛이 삽화로 들어간 문조 한 쌍을 비춘다

도서관은 너무 조용해서 책장을 넘기는 것마저
실례가 되는 것 같다
나는 어린 새처럼 책을 다룬다

"새는 냄새가 거의 나지 않습니다. 새는 스스로 목욕하
므로 일부러 씻길 필요가 없습니다."

나도 모르게 소리 내어 읽었다 새를
키우지도 않는 내가 이 책을 집어 든 것은
어째서였을까

"그러나 물이 사방으로 튄다면, 랩이나 비닐 같은 것으

로 새장을 감싸 주는 것이 좋습니다."

　나는 긴 복도를 벗어나 거리가 젖은 것을 보았다

단 하나의 백자가 있는 방

조명도 없고, 울림도 없는
방이었다
이곳에 단 하나의 백자가 있다는 것을
비로소 나는 알았다
그것은 하얗고,
그것은 둥글다
빛나는 것처럼
아니 빛을 빨아들이는 것처럼 있었다

나는 단 하나의 질문을 쥐고
서 있었다
백자는 대답하지 않았다

수많은 여름이 지나갔는데
나는 그것들에 대고 백자라고 말했다
모든 것이 여전했다

조명도 없고, 울림도 없는
방에서 나는 단 하나의 여름을 발견한다

사라지면서
점층적으로 사라지게 되면서
믿을 수 없는 일은
여전히 백자로 남아 있는 그
마음

여름이 지나가면서
나는 사라졌다
빛나는 것처럼 빛을 빨아들이는 것처럼

듀얼 타임

그것은 함께 공원을 걸을 때의 일이었다

나는 중앙공원의 분수대 앞에 있있다
너는 센트럴파크의 분수대를 지나갔다

네가 한낮의 공원에 서 있으면
나는 어둠에 붙들리고

개를 데리고 나온 여자가 개를 놓쳤다
그러자 그곳에서 자전거가 쓰러진다

우리는 함께 공원을 걷고 있었다

여자의 비명이 동시에 들려올 때
점점 짙어지는 어둠을 보며 나는 생각했다

무엇일까, 마주 잡은 반쪽의 따뜻함은

갑자기 가로등에 불이 들어왔다

내가 어둡다, 말하자
네가 It's dark, 말한다

순례

그는 내가 눈이 맑다고 했다 그는 내가 보호받고 있다고
말했다

저녁 다섯 시, 사람들이 가득하다

그는 내 말을 듣기를 원했다 그는 내가 걱정된다고 말했
다 그는 내가 행복해지기를, 그가 내 위안이 되길 원했다

"어디 가서 차라도 한잔할래요?"

그가 한 말이었다 그는 내게 좋은 곳에 가자고 했다 그
는 내가 거기서 더욱 나아질 것이라 믿었다

나는 좋은 곳을 믿는다

나는 아무 말도 하지 않는다

저녁 다섯 시, 나는 돌아온다

캐치볼

던진 공이 돌아오지 않는다
파울
선언하는 새들

잔디가 자꾸 죽으려 한다
죽은 것은 투수

나는 그 자세가 마음에 든다
공의 속도로
지면과 새가 부딪치듯이

손이 자꾸 헛나가니까
내가 자꾸 누우려 한다

원근법에 의거하여
글러브는 펜스 위에, 잔디밭은 구름 위에
아니 조금 더

던진 공이 날아간다

글러브와 잔디밭을 통과하며
포물선을 그리며

떨어진 적 없으니까
새들은 침묵한다

유체

비가 내리고 있었나 노처에서 젖은 풀이 생기를 내뿜고
있었다 그게 너무 생생해서
　실감이 나질 않았다

여중생들이 비를 맞고 신났다 이 또한 실감 나지 않았다
　달리는 차들과 그것들이 튀기는 물과 깜빡이는 불빛의
긴 꼬리가
　느껴지지 않았다

지하로 돌아가고 싶었다 거기에 두고 온 것이 있었다 거
기엔 물이 이미 차 있었고,
　알지 못하는 사이에 계절이 흘렀다

비가 계속 내렸다 비를 실감할 수 없었다
　물에 비친 검은 머리카락 영혼들이 내게 손짓했다

계절감이란 말이 좋았다 계절이란 말보다

몸이 자주 부었다

서클라인

지하철을 타면 편하다
노인이 앞에 서면 불편하다

지하철이 지상에 도달하자 빛이 쏟아진다
눈이 부셔서
눈을 감았다

노인은 여전히 앞에 서 있다
눈은 빛에 익숙해졌고

지하철이 흔들리고 있었다

노인의 뒤에서 빛이 쏟아지고 있었다

노인들은 왜 낮에만 지하철을 타는가?
열차는 내선 순환하며 어둠 속으로 빨려
들어가고

눈은 다시 어둠에 익숙해지고

선릉역, 선릉역 말하자 선릉역에서 서는 것

여름 이후

어젯밤 경미가 죽었다

수영이는 아빠랑 싸웠고 재희는 자동차에 치였다 예나가 기억을 잃었다는 걸 미연이는 아무에게도 말하지 않는다

책상 위에 흰 국화가 놓여 있다
애들은 교복을 입고 있다

수업 시간에 마음이란 걸 배웠다 죽어 버린 경미도 마음을 아느냐고 연아가 물었다

은혜가 둘 중 누구랑 사귈지 아무도 예상하지 못했다 다음 주에 정화는 먼 곳으로 떠난다 선주는 꿈에서 연예인을 봤다

경미의 마음은 알 수 없지만
경미는 애들 마음속에 살아 있고,
애들은 아직 살아 있다

승희는 채식주의사가 되기로 마음먹는다 미라는 며칠째
학교에서 보이지 않는다 애들은 미라가 가출했다고 믿는다

책상 위의 흰 국화는 노란 국화였다
애들은 체육복을 입고 있다

낮은 목소리

성가대에 들어간 것은 중학교 때였다
일요일 오후엔 찬양 연습했다
끌어내리듯 부르는 것이 나의 문제라고

노래 부르는 것을 좋아하지 않았다
기도하는 것을 좋아하지 않았다

나무로 된 긴 의자와 거기 울리는 소리가 좋았다

말씀을 처음 배운 것은 말을 익히기 전의 일이었다
그것을 배우며
하나님의 목소리는 무엇일까 생각했다

연습이 진행되는 동안
목소리가 커졌다 잦아들었다

공간이 울고 있었다

낮은 곳에 임하시는 소리가 있어

계속

눈앞에서 타오르는 푸른 나무만 바라보았다

끌어내리듯 부르지 말라는 말을 들었다

마음이 어려서 신을 믿지 못했다

목조건물

사람이 살지 않는 곳이다
이곳은 따뜻한 성질을 지니고 있다
여기서 나는 밥을 먹고, 불을 피우고, 눈을 뜨게 된다

먼 곳에서 들려오는 북소리, 거기에 끌려 여기에 온 것
같다

죽은 사람이 나를 보고 수인사하지만 나는 그를 모르고
그도 나를 모르겠지 이곳의 상냥함이
계속 나를 편안하게 만든다

너는 내 몸이 아니구나, 아니구나 내 몸이구나

나는 오늘도 밥상머리에서 떠올린다
이듬해 구름이 미리 흐른다

밥을 먹으면 그것을 치우고, 잠에서 깨어나면 자리를 치
운다
이곳에서는 나도 살아 있는 것 같다

실어서, 무엇이라도 먹어 치울 수 있을 것 같다

먹으면 몸이 따뜻해지니까, 나는 밥을 먹게 되고, 불을
피우게 되고, 눈을 감게 된다

죽은 사람과 밥 한 그릇도 나눠 먹어야지

이곳은 빛이 꺾여 들어오는 방이다
비가연성의 캄캄함이 겨울에도 내려온다

X

체리를 씹자 과육이 쏟아져 나온다 먹어 본 적 있는 맛
이다 이걸 빛이라고 불러도 좋을까 그건 먹어 본 적 없는
맛이다

나는 벚나무 아래에서 체리 씨를 뱉는다 죽은 애들을
생각하며 뱉는다

동양의 벚나무 서양의 벚나무는 종이 다르다 벚나무에
서 열리는 것은 체리라고 부른다 벚나무는 다 붉다 벚나무
는 다 죽은 애들이다

나는 벚나무 아래에서 체리 씨를 뱉는다 벚나무 밑에는
시체가 묻혀 있고 그래서 더욱 붉고 그것은 전해지는 이야
기로

체리를 씹자 흰 빛이 들썩거린다 체리 씨를 뱉으면 죽은
애들이 거기 있다

벚나무가 솟아오른다 체리 씨가 자라면 벚나무가 된다

나는 거기서 체리 한 알 집어삼킨다 체리를 씹으면 체리
맛이 난다

개종

누군가 문을 두드렸기에 나는 문을 열었다
문밖에는 아무도 없었다
문의 안쪽에는 나와 기원이 있었다
나는 기원을 바라보며 혹시 무언가 잘못된 것이 있는지
물었다
기원은 내게 잘못된 일은 없다고 말해 주었다
그렇다면 다행이다
나는 그렇게 생각하며 올여름의 아름다운 일들을 생각
했다
아무런 일도 생각나지 않았다
뜨거운 빛이 열린 문을 통해 들어오고 있었다
무더운 여름이었다

2부

개종 2

물탱크가 있다
환기구가 있다
창문이 있다
5층의 건물이 있다
간판이 있다
전신주가 그 앞에 있다
내가 있다
계단을 걸어 올라가는 내가 있다
무작정 올라갔더니 옥상으로 통하는 문이 있다
옥상으로 통하는 문을 지나가면
옥상이 있다
거기에는 물탱크가 있다
푸른 물탱크가 있다

면역

냉장고에 붙여 놓은 자석이 힘없이 떨어졌다 눈을 껌뻑
이는 거북이가 수조 밖에 나와 있었다 그것을 보고

돌이킬 수 없는 일이 일어나 버렸어
그렇게 생각했다

비가 오지 않는데도 베란다의 바닥이 젖어 있었다 상
관하지 않고 옷도 벗지 않고 소파에 누웠다 누가 앉았다
간 것처럼 따뜻했는데

구독하지 않는 석간신문이 테이블 위에 있었고
이건 정말 돌이킬 수 없는 일이야 돌이킬 수 없다는 건
돌아갈 수 없다는 뜻이야

집에 돌아왔는데, 여기서는 아무도 비참하지 않았다
침실에 들어서자 잎이 무성한 선인장이 있었다

거주자

내가 신세 졌던 이층집의 이 층에서
도무지 내려오지 않는 그를 기다리는 내가 있고, 일본의
주택가에서는 까마귀가 자주 보인다 까마귀는 생각보다 크
구나

놀라울 일이 없는데도 나는 놀란다

창이 넓게 트인 거실에서
많은 것을 볼 수 있었다

희박하고 조용한 생활, 이 층에서도 같은 것이 보일까?
의문은 이 층에 가로막히고, 거실의 조도는 최대치에 달했
다 거실의 공기는 너무 희박해서 숨 쉬는 일도 어려운 것
같다 사물들이 자꾸만 투명해지는데 그가 내려오는 것이
보였다 선명하게

대체 저게 뭐지? 갑자기 그가 물어서
저건 까마귀야, 나는 대답했고

까마귀에 대해 자신 있게 말할 수 있다는 것이 또 놀
랍다

항구

밖으로 나가자 그렇게 말한 건 헤어진 사람
밖으로 나가니 끝이 보이지 않는 얼음 평원이 있었다

거기서 죽은 물새 떼를 보았다 죽은 군함도 보았다
그렇구나, 이건 내 꿈이구나

나는 깨달았지만
여전히 끝이 없는 얼음 평원이 있었다

나는 죽지도 않고
거기서 오래 살았다

누군가의 손에 들린 죽은 바다가 있었다

잠에서 깨어났을 때는 헤어지지 않는 사람
바위게 한 마리가 발등을 물었다

파수대

바다에 있는데, 겨울이었다 잘못 들은 소리가 들려왔다
당신 아이가 바다에 빠졌습니다 당신 아이가 바다에 빠졌
다구요

빠졌다구요?

바닷가에는 사람이 없다 이 한적함을 증오하는 사람이
있다

희고 둥근 돌이 파도를 따라 구른다 먼 곳을 볼 수 있었
다 소리가 들려오지 않았다 짠물이 자꾸 입에 들어왔다

구조

골목에 개 한 마리가 서 있다
개는 귀신을 본다고 한다
지금은 날 본다

골목에 개 한 마리가 서 있다
내가 보는 것은 개가 아니지만
개가 그곳에 있다

그것은 꼬리를 흔들지 않고
짖지 않고
골목에 서 있다

골목은 길게 이어져 있고

개는 귀신을 본다고 하는데
지금은 나를 보고 있다

구획

　밤새 눈이 많이 쌓였다 나는 어제 본 풍경을 걷는다 끝
없이 늘어선 나무들 사이로 발자국이 지나간다

　사람의 발자국과 개의 발자국이 늘어선 모양,
어제 누가 이곳을 걸었고 나는 그것을 따라 걷고 있다

　발자국에 발자국을 겹치면서
발자국이 발자국을 지우면서

　밤새 쌓인 눈이 조금씩 녹고 있다 한 바퀴 돌고 나니 발
자국이 보이지 않았다

　끝없이 늘어선 나무들과
끝없이 늘어선 나무들의 그림자가 서로 부딪치는 아침
이다

　흰 눈 위의 희박한 자국들

　나는 어제 본 풍경으로 들어간다

손에는 빈 목줄을 쥐고

나는 서서히 늙고 있다 흰 머리에 검은 머리가 섞이고
있다

발화

중간이 끊긴 대파가 자라고 있다 멎었던 음악이 다시 들
릴 때는 안도하게 된다

이런 오전의 익숙함이 어색하다

너는 왜 갑자기 화를 내는 거지?
왜 나를 떠나겠다는 생각에 사로잡힌 거지?

통통거리는 소리는 도마가 내는 소리다 여기로 보내라는
소리는 영화 속 남자들이 내는 소리고

어떤 파에는 어떤 파꽃이 매달리게 되어 있다
어떤 순간에나 시각이 변경되고 있다

저 영화는 절정이 언제였는지 알 수 없이 끝나 버린다
그런 익숙함과 무관하게

찌개가 혼자서 넘쳐흐르고 있다

불이 혼자서 꺼지고 있다

나는 너에게 전화를 걸어야겠다는 생각을 지나친다

돌이 되어

돌은 얼굴이 없고
돌은 심장이며 돌은 허파로 흰 쌀밥 먹다 돌을 씹어 이
가 깨졌다 시는 썼다가 지우는 것으로 얼굴은 하얗고 검은
것은 활자로 그렇게 하기로 하고 그것을 잊기로

한 번은 물을 마시고, 다른 한 번은 아무것도 마시지 않
는다 돌을 혀로 핥으면 돌의 맛은 알 수가 없고 돌을 핏줄
로 생각하는 것은 돌이며 입속의 비린 맛을 돌로 알기로

함께 올랐던 산의 정상은 온통 돌이었고, 그때의 숨 가
쁜 화이트아웃 속으로 돌아가기로

내려오는 길에는
하얀 조약돌을 쥐고 숲으로 들어갔다

부드러운 돌을 만들기 위해 평생을 바친 노인의 이야기
를 안다 어두운 숲에서 노인의 얼굴이 돌의 형상으로 생각
되고, 나는 서서히 노인의 얼굴을 갖추고

돌을 뚫고 내려가는 나무의 뿌리가 있고, 거기서 어떤
돌은 돌의 꿈을 꾸고, 나는 이제 움직이지 않기로
　형태를 잃고, 단단함을 잃기로

　다람쥐가 죽을 것이다 물이 흐를 것이다 새가 울지 않을
것이다
　어두운 숲에서 부드러운 돌이 생동한다

　나는 백시(白視) 속에서 그 모든 것을 볼 수 있었다

저수지의 어둠

우리는 말없이 헤드라이트의 빛만을 보고 있었다

우리는 우리의 불안과 슬픔을 모르는 척했고
터널이 빠르게 지나갔다

끝없이
앞으로 뻗어 가는 빛

저수지에 도달하기까지
그 시간이 너무 길게만 느껴졌다

저수지에는 깊이가 없고 내면이 없고
저수지에 비치는 것은 저수지 앞에 서 있는 것들

저수지 내부의 무엇인가가 그 안으로부터 튀어 오르리
라는 것을 상상하기 어려웠다

우리가 어젯밤 함께 나눈 것은 뭐였지?
그것에 대해 생각하는 동안

저수지의 수면이 생명을 얻은 무엇인가처럼 꿈틀거리고
있었다

저수지에는 깊이가 없고 내면이 없고
끝없이 앞으로만
돌아오지 않고

우리는 지나갔다
저수지에 도달하는 일은 없었고

저수지 내부의 무엇인가가 그 안으로부터 튀어 오르리라
고는 상상하기 어려웠다

물의 에튀드

혼자 집에 앉아서 물을 마셨다
한 번 마시면
멈출 수 없었다

물 없는 물병이 쌓여 갔다
여긴 다 마신 물병이 하나 둘 셋 열 열둘 스물

세는 일을 그만두자 물의 얼굴이 여길 본다
뭐라고 말을 하는 것 같은데 잘 알진 못하겠다 물의 질
긴 표면이 이곳을 좋아하는 게 느껴졌다

*

아무도 없는 집이 심심했다 말 걸어 주는 사람도 없고
살아 있는 사람도 없었다

모든 것이 물의 표면에 고정된 것처럼 조용하기만 했다

물속은 조용하구나 그래도 목은 마르다

그렇게 중얼거렸는데

　지금 말한 건 누구? 목소리가 들려오는 것이었다 이해할
수 없는 일이 너무 많았다

　혼자 집에 앉아 있으면 나는 자꾸 물이 마시고 싶다 자
꾸 물을 마신 걸 까먹게 된다

　계속 물을 마셔야지 언제까지 마셔야 할까

　모르겠어 일단 마셔

　이건 또 누구의 중얼거림일까 나는 계속 물병을 비우면서
집을 나왔다

소용돌이치는 부분

봄은 오고
사방으로 피어오르는 것들 꺼지는 것들

실내의 가짜 꽃나무 아래 내가 앉아서
거리를 헤매는 나를 불렀다

이리 와 여기로 와
어서

나는 그 말을 듣지 못한 채 떠났다
실망한 나머지
진짜 꽃나무에 목매달았다

굽어 가는 마음과 굽이치는 마음이 서로 부딪치고
소용돌이가 소용돌이치는 봄날이 조용히 계속되었다

이후로도 나는 드문드문 나에게 나타났다
여기로 오라고 나를 부르며

꽃나무에 매달린 채로 나에게 손짓했다
멀어서 잘 보이진 않았지만
목소리만은 어쩐지 선명하였다

간혹 죽은 내가 잠든 나를 깨우기도 했다
소용돌이가 소용돌이치는
그 애매하고도 분명한 곳에서

독개구리

내가 잡아온 독개구리 한 마리 예쁘다 개골거린다 죽은
척 가만히 있는다 만지면 독이 오른다 그런데도 나는 잡아
왔시 손이 퉁퉁 부었다

저녁이 오는 것을 나는 본다
검은 두 눈으로

내가 어제 접어 놓은 시집에는 개구리가 없다 청개구리
는 독이 없다 아프리카 독개구리의 독은 극소량으로 인간
을 죽일 수 있다 이곳에는 생활이 없다

방바닥에 들러붙은 마사지 오이가 말랐다 뜨끈한 기운
이 올라온다 독개구리가 먹는 것은 산 것뿐이다

사위가 어둡다

머리를 감고, 몸을 씻고, 옷을 입고, 의자에 앉았다 밀린
일을 생각하고 옛 애인을 생각하다 읽던 시가 생각나 시집
에 손을 뻗다

책상 위에 앉은 ㅗ섯을 보았다

나는 극소량의 공포를 느꼈다

나의 한국어 선생님

나는 한국말 잘 모릅니다 나는 쉬운 말 필요합니다 길을 걷고 있는데 왜 이 인분의 어둠이 따라붙습니까

연인은 사랑하는 두 사람입니다 너는 사랑하는 한 사람입니다 문법이 어렵다고 너가 말했습니다

이 인분의 어둠은 단수입니까, 복수입니까 너는 문장을 완성시켜 말하라고 합니다 그것은 어려운 일입니다 매일 나는 작문 연습합니다

— 나는 많은 말 필요합니다.
— 나는 김치 불고기 좋습니다.
— 나는 한국말 어렵습니다.

너는 붉은 색연필로 OX표시합니다 X표시투성이입니다 너 같은 애는 처음이다 너는 나를 질리게 만든다 너는 이제 끝이다 당장 사라져라 이것은 너가 한 말들입니다

한국말이란 무엇입니까 처음과 끝을 한꺼번에 말하는

말을 나는 잘 이해하지 못합니다

　이마에 난 X표시가 가렵기만 합니다

　나는 돌아오는 길을 이 인분의 어둠과 함께 걸어갑니다

이 인분의 어둠이 말없이 걷습니다

연인

— 개종 3

낮에도 겨울은 어두웠다

그 애는 빈 의자에 앉아 있었나 추워서 그래? 물었더니
고개를 저었다 어둡구나, 말해도 고개를 저었다

겨울은 낮에도 어두웠다

열려 있는 문이 밖을 향하고 있었다 그 애는 악령이 아
니었다 그 애는 빈 의자에 앉아 있었다

그 애가 악령이 아니었다면 그 애는 대체 누구였는가?
악령도 없이 세월이 흘렀다

번식

누군가의 병문안을 간 것은 처음 있는 일이었다

차가운 과일 통조림을 들고 병실에 들어섰다 공기청정기
가 끝없이 정화시키는 것들로 좁은 실내가 꽉 찼다

"당신 생각을 오래 했어요 오래전에 나는 아팠어요"
나는 웃으면 된다고 생각했다

큰 웃음이, 갑작스러운 웃음이 끝없이 정화되면서 좁은
실내가 서서히 침묵의 밑바닥으로 가라앉았는데,

맞은편에 있는 사람은 웃지 않았다 이걸 먹으라고,
죽지 않는 과일을 내미는 손이 있었다

백의의 남자 간호사가 문밖에서 시간이 다 되었음을 알
리는 것을 보았다

마지막으로 할 말이 있느냐고 그가 물었는데,
죽은 것이 입에 가득해서 아무 말도 할 수 없었다

너와 함께

왼쪽 눈을 감았다
왼쪽이 사라질 줄로만 알고 그랬다

6, C, 가, 안 보여요, 물고기, 구, 3

흰 가운이 보여서
흰 가운이라고 말했다

펼쳐진 초원 위의 붉고 작은 집, 거기에 누가 산다는 말
을 들은 적 있다
그걸 보면 그 사람이 집에 찾아온다는 말도

응시하다가
계속 응시하다가

아무것도 안 보인다는 것을 알았다

오른쪽 눈을 감으라는 말을 들었다
목덜미에 그 차가운 손가락이 닿았을 땐 화들짝 놀라기

도 했지만

7, 비행기, 느, 나비, 2, 4, 안 보여요, 잘 보여요,
하지만 말할 수가 없어요,

왜죠?

사라질 줄로만 알았는데
작고 딱딱한 것을 선물로 주셨다

떠난 적도 없는데 왼쪽이 돌아왔다

축성

　교수는 슬픔에 빠졌다 그것은 하나의 생각에서 시작되었다 이제는 그것이 생각나지 않으므로 교수는 정말로 슬퍼질 것이다 밖에선 축제가 계속되고 있었다 많은 사람들이 행렬에 참가했다 지친 얼굴을 하고서 그들의 죽고 싶은 기분을 숨기고 있었다 교수는 그것들로부터 멀리 있는 사람, 교수는 시간을 확인하기로 한다 오후 세 시가 지나고 있었다 교수에게 사랑한다고 말하고 나간 사람은 교수의 아내였다 과거형으로 사람을 말하는 것은 그가 죽었다는 뜻인가? 교수는 혼자서 생각한다 시간은 얼마 흐르지 않았다 교수는 생각을 그만두기로 하고, 그 말이 어쩐지 마음에 든다고 생각했다 많은 사람들의 행렬이 교수의 집 앞을 지나고 있었는데 모두 가장을 하고 있었다 늑대인간, 다리를 잃은 파병군인, 불타 죽은 억울한 마녀…… 아이들은 요정 옷을 입고 고아의 표정을 짓고 있었다 저들은 불행을 가장하고 있는 것인가? 교수는 불쾌했지만 그것을 표현하지는 않았다 한 개비의 담배를 피우고 두 번째 개비로 옮겨 가는 사이에 교수는 불이 사라졌다는 것을 알아차렸다 두 번째 개비로 옮겨 가는 것이 불가능해졌다는 것이 교수를 불안하게 만들었다 교수는 자신이 빠진 슬픔이 여기서 기인한 것인지 잠시 생각해 보다가 그것이 타당하다고 여겼다 그러나 곧 그것이 틀렸다는 것을 알았고, 교수는 무엇인가를 알았다는 것이 마음에 들었다 어느새 행렬은 더 이상 보이지 않았고, 그들이 외치던 소리, 더, 철폐, 나은, 자식들, 따위가 이제는 쿵쿵거리는 북소리처럼만 들렸다 그조차 사라지면 이제 정적이 찾아올 것이다 그러나 그러한 교수의 기대는 어긋나고, 문을 두드리는 소리, 누군가 다급하게 문을 두드리는 소리가 들려왔다 교수에게 사랑한다고 말하고 나간 사람은 교수의 아내였다 교수에게 더 이상 말을 잇지 못하는 것도 교수의 아내였다 교수는 아내가 둘이었다 말을 잇기 시작한 세 번째 아내가 떨리는 목소리로 말했다 아이가, 우리 아이가…… 더 이상 말을 잇지 않았다 지금 문을 닫고 나간 것은 몇 번째 아내인가? 아내는 한정 없이 불어날 수 있는데 어째서 아이는 그렇게 되지 않는 것인지? 교수는 이해할 수 없는 일이 너무 많아서 이해하려는 모든 시도를 철폐하고자 했다 하지만 행렬은 이미 지나가 버렸다 한발 늦게 찾아온 정적이 교수를 짓눌렀다 죽은 사물들이 몸을 펼치고 있었기에 교수는 방이 좁다고 느꼈다 저것들을 치운다면 방이 넓어지겠지 교수는

방을 넓혔다 빅토리아풍 원목 캐비닛은 창밖 거리에 있다
금속제 자명종이 아직 공중에 있다 오래된 안락의자와 원
목 책장이 거리 위에 누워 있다 가로수와 가로등이, 행인
과 행인이, 영업을 중단한 상점과 그 앞에 주차된 시트로엥
이 창밖에 있다 방에는 아무것도 없었고 교수는 여전히 방
이 좁다고 느꼈으나 더는 어쩌할 도리가 없었다 교수는 어
쩔 수가 없어서 방의 사면을 따라 걸었다 로마 군인처럼
걸었다 루비콘 강을 건너기 위해, 강을 건너서 도달하기 위
해, 군인의 씩씩함과 군인의 비루함을 동시에 갖추며 걷고
자 했다 그러나 강이 좀처럼 보이지 않았다 머나먼 루비
콘, 머나먼 루비콘을 향해 계속 걸어 나가자 먼 곳에서 가
장 행렬의 외침이 다시 들려왔다 그것은 점점 커지다가 어
느새 하나의 거대한 소리가 되어 울려 퍼지기 시작했는데,
Rejoice! Rejoice! 그것은 기쁨의 소리였고 주체할 수 없는
환희가 들끓는 인간의 소리였다 교수는 교수의 육체 내부
로부터 치밀어 오르는 알 수 없는 격정에 몸을 맡기고 싶
었으나 그러한 일을 생각하는 것은 교수에게 허락되지 않
았으며, 그러한 생각이 교수를 들뜨게도 하고, 한없이 가라
앉히기도 하였으나, 교수는 계속 걸었다 씩씩하고 용감하

게, 교수는 슬픔에 빠져 있었는데, 여전히 그 이유가 생각
나지 않았다

3부

모두 잘 되어 가고 있다

"이것이 바로 그 위대한 이야기의 결말입니다" 그렇게 말
하는 선생이 있었다 그다음은 잘 들리지 않았다
　"그러므로 ……은 ……과……"

몰려드는 졸음을 견디며 나는 강의실에 앉아 있었다
　칠판에는 diegesis라고 적혀 있었는데, 그것이 무슨 말인
지는 알 수 없었다

수업은 정오에 시작하고 오후 세 시면 끝난다
　두 시간이나 남은 강의를 나는 견딜 수 없었기 때문에
　책을 읽고, 낙서를 하며, 가끔 강의를 들었다

서사라는 말이 들렸고, 프레임이라는 말이 들렸다 서사
의 3요소가 인물, 사건, 배경이라는 말을 들었다
　아무것도 필기하지 않았다

대학 수업의 구조가 지닌 정교함을 생각하지 않았다
　흔들리는 나무와 검은 물 자국의 번짐을 생각하지 않
았다

눈을 감았다가 다시 뜨면 시간이 지나 있었다
책의 페이지는 넘어가지 않았고

나는 시간이 흐르기를 기다리고 있었다

그러나 마치 시간이 멈춘 것처럼
거슬러 오르는 것처럼
되풀이되는 서사와 서사들

나는 눈을 감으며
이 모든 것이 잘 되어 가고 있다고 생각했다

눈을 다시 떴을 때
강의실의 내부에는 아무도 없었다
잘 배열된 책상과 걸상들이 보였다

나는 이 모든 것이 꿈이라고만 생각했다

식생

새의 눈으로
새 한 마리를 보았다

까만 몸체에 빨간 머리가 아주 예뻤다

네 이름은 뭐니?
그건 어떻게 읽는 거니?

왼쪽에서 오른쪽으로 읽어요

새는 그렇게 말해 주었다

나는 새의 이름을 왼쪽으로부터 오른쪽으로 읽어 나갔다
새의 목소리로 그렇게 했다

이곳에서 새소리가 울려 퍼졌다

장막의 뒤에서 자꾸

　흔들리는 것이 있는데, 어두워서 보이진 않는다 너의 손의 온기를 느낀다 얼마나 지연되었는지 기억나지 않는 공연이다 사람의 소란과 사람의 침묵이 번갈아 일어서는 것과 무관하게

　나는 보았다고 너는 말한다 무얼 보았느냐는 물음엔 답하지 않고 분명 보았다고

　장내에는 창이 없어서 너는 시간을 잊은 듯하다 건너뛰는 듯도 하다 아예 공연을 기다린 적이 없는 듯하다 어둠 속에 오래 있어도 어둠에 눈이 익지 않는다

　그런데도 흔들리는 것이 있는데, 이름을 기억하려고 애쓰다 실패한 듯하다 저 뒤에서 자꾸 실패가 흘러나오는 듯도 하다

　장막을 상상한 적 없다고 너는 말한다
　그런데도 장막이 느껴진다고, 의미심장하게 펄럭이고 의미 없이 침묵한다고, 어두운 불의 형상으로, 몸을 떠난 영

혼의 옷자락으로

   저 너머에 흔들리는 것이 분명 있는데, 어쩐지 아득한 기분이 들어 너의 손을 잡는다 너는 언제부터 이곳에 없던 것일까
   보이지 않는 어둠이 계속 보이고 있다

구원

나는 나의 사냥개들을 풀어놓았고, 그것들이 거칠게 숨을 몰아쉬며 돌아오기를 기다렸다

멈춰, 기다려,
그렇게 말하고는 잘했다고 말해 줘야 하는데

뜨겁던 총신이 식었고 어느새 새들도 울지 않았다
나는 몸이 차가워지는 것을 느꼈다

숲은 너무 어두워서 그림자가 보이지 않고, 나는 나의
사냥개들을 생각했다

처음에는 그저 토끼 한 마리를 잡고 싶었을 뿐이다
이제는 개를 생각하는 내가 있었다
골똘하게

생각이라는 것을 계속하였다
개 정도 크기의 것이 이쪽을 향해 걸어오고 있었다

방사

비 내리기 직전의 어두운 하늘이다 국기 계양대에서 국기가 흔들리는 것이 누군가의 마음을 어지럽힌다

사육 당번은 닭장을 바라보며 고민한다 달걀이 너무 많아서, 닭이 없는 텅 빈 닭장에, 무언가의 알이 너무 많아서

비는 내리고, 사육 당번은 더 이상 사육을 하지 않고, 사육 당번은 하수구에 하나씩 알을 까서 흘려보내며,

"미안해"

끝없이 사과했다 다음 날에도 그다음 날에도

기념사진

"우리들의
잡은 손안에 어둠이 들어차 있다"

어느 일본 시인의 시에서 읽은 말을, 너는 들려주었다
해안선을 따라서 해변이 타오르는 곳이었다 우리는 그걸
보며 걸었고 두 손을 잡은 채로 그랬다

멋진 말이지? 너는 물었지만 나는 잘 모르겠어,
대답을 하게 되고

해안선에는 끝이 없어서 해변은 끝이 없게 타올랐다 우
리는 얼마나 걸었는지 이미 잊은 채였고, 아름다운 것을
생각하면 슬픈 것이 생각나는 날이 계속되었다

타오르는 해변이 아름답다는 생각이 타오르는 해변이
슬프다는 생각으로 변해 가는 풍경,

우리들의 잡은 손안에는 어둠이 들어차 있었는데, 여전
히 우리는 걷고 있었다

레코더

교탁 위에 리코더가 놓여 있다
불면 소리가 나는 물건이다

그 아이의 리코더를 불지 않았다
아무도 보지 않는데도 그랬다

보고 있었다

섬망도 망상도 없는 교실에서였다

말종

양옥 정원에서 조용히 퍼져 가는 물소리와 매미 소리,
매미 허물을 발견하고 들떠서 들여다볼 때, 그러면 안 된다
고 네가 말한다

오래 보면 영혼을 빼앗길 거야, 겁이라도 주는 것처럼
비장한 표정으로 네가 말해서 정말 그러면 어떡하지? 덜
컥 겁이 났지만

아무런 일도 일어나지 않는 것이다 아무것도 빼앗기지
못한 것이다 매미 소리가 징징징 울리고 있는데

이젠 정말 끝이구나, 네가 말한다

의자

여섯 살 난 하은이의 인형을 빼앗아 놓았다
병원 놀이를 하기 위해서였다
인형은 나의
의사 선생님이었다
나는 선생님께 아프다고 말했다
어디가 아프냐 물어도
아프다고만
선생님은 내게 의자에 앉으라 하셨다
의자는 생각하는
의자였다
앉아서 생각해 보라고, 잘 생각해 보라고
선생님이 말씀하실 때,
나는 울어 버렸다 무서워서
너무 무서워져서

얼룩
—— 개종 4

얼룩이 번지다 검은 벽이 검은 얼룩으로 변하는 것을 모른다 검은 얼룩이 검은 벽이 되는 줄도 모른다 애꿎게 할머니만 탓한나 할머니? 깜짝 놀라 힐미니를 쳐다보는데 할머니는 죽고 없다 죽은 할머니를 생각하니 가슴도 아프고 눈가에 얼룩이 번지는 것도 같은데 눈앞을 가로막는 무엇이 있어 만져 보니 단단해서 캄캄하다 이것도 검은 벽이니 아니면 얼룩이니 물어보는 사람이 할머니였나 자꾸만 생각나는 이것이 무엇인 줄을 모르고 얼룩이 번지다 얼룩과 벽과 내가 상관이 없는 줄로만 알고 캄캄해서 단단한 곳에 갇힌 줄을 모르고 얼룩이 얼룩으로 벽이 벽으로 검은 색을 벗어나서 검은 벽으로 검은 얼룩으로 번지려고 한다 번지고 있다

그것

그것을 생각하자 그것이 사라졌다

성경을 읽다가
다 옳다고 느꼈다

예쁜 것이 예뻐 보인다
비극이 슬퍼서
희극이 웃기다

좋은 것이 좋다

따뜻한 옷의 따뜻함을 느낀다
컵 속의 물을 본다

투명한 빛이 바닥에 출렁인다

그것은 마시라고 있는 것

법원

아침마다 쥐가 죽던 시절이었다 할머니는 밤새 놓은 쥐
덫을 양동이에 빠뜨렸다 그것이 죽을 때까지, 할머니는 흔
들리는 물을 가만히 바라보았다

죄를 지으면 저곳으로 가야 한다고, 언덕 위의 법원을
가리키며 할머니가 말할 때마다
그게 대체 뭐냐고 묻고 싶었는데

이제 할머니는 안 계시고, 어느새 죽은 것이 물 밖으로
꺼내지곤 하였다
저 차갑고 축축한 것을 어떻게 해야 하나,
할머니는 대체 저걸 어떻게 하셨나

망연해져서 그 차갑고 축축한 것을 자꾸 만지작거렸다

대문 밖에 나와서 앉아 있는데 하얀색 경찰차가 유령처
럼 눈앞을 지나갔다

점멸

　새가 서서히 체온을 떨어뜨린다 자리에 앉아서 너는 일
어날 준비를 한다 그전에 새가 전신주 위에서 휘청거리던
것을 너는 보았다 그전에 너는 그가 여기에 없음을 알았다
그전에 너는 잔이 깨져 있는 것을 발견했다 그전에 실내를
휘젓는 점원이 있었다 그전에 너는 현기증을 느꼈다 그전
에 같은 음악이 몇 번인가 반복되었다 그전에 커피가 식어
있었다 그전에 너에게는 하지 못한 무수한 말이 있었다 그
런데 그는 어디에 있지? 그전에 새가 날아오르려다 말았고
그전에 너는 이곳을 처음 보는 것 같은데 전혀 낯설지 않
다는 것이 이상했다 그전에 너는 흐릿한 꿈들이 자꾸 재생
되는 것 같아 성가셨다 그전에 새가 이미 이곳에 와 있었
다 그전에 새가 깨어났다가 다시 잠들었다 마치 죽은 것처
럼 그전에 그것이 반복되었지만 너는 그것을 몰랐다 그전
에 너는 너의 앞에 모르는 사람이 있다는 것을 알아차렸다
그전에 너를 부르는 소리가 귀에 닿았다 저기요 죄송한데
요 저기요 새가 이미 떨어져 있다 그전에 너는 일어나려고
했다 네가 앉아 있던 자리에 누가 이미 앉아 있었으므로

입장

물 위의 빙판이 좁아지려고 한다

어느 오후의 실내 수영장, 차례로 줄지어 입수히는 남자애들의 끝에 내가 있었다 잔뜩 긴장해서, 앙상한 몸을 겨우 진정시키며, 하나하나 물속으로 사라지는 남자애들을 보는 내가 있었다

목숨에 직결되는 일이니까 조심해야 한다고 말하는 선생님과 추위 탓에 보랏빛이 도는 남자애들의 젖꼭지가 따로 놀았고 그때는 거기에 합류하지 못하는 내가 있었다

또 어느 오후엔 이런 일도 있었다 전력으로 헤엄치다 얼굴이 창백해진 남자애들이 있고, 그중 하나가 무심코 위를 올려보다 혼절하여 실려 간 일을 다음 주에나 듣게 되는 내가 있었던

나는 보라색 꽃이라곤 제비꽃밖에 몰랐다
그런데 남자애 하나가 보라색 꽃을 들어 보이며 이게 뭐냐고 묻던 오후도 있었다 거기에 제비꽃이라 답하는 내가

있었고,

남자애들이 돌아오지 않고, 앙상함이 돌아오지 않고, 보랏빛이 돌아오지 않는 그런 오후의 내가 있었다

어느 오후의 실내 수영장, 도무지 사라지지 않고 혼자 회전하면서 서서히 좁아지는 오후도 있었다

속도전

커튼을 열어젖힌 방에서 숨이 잠깐 멎었다
생각과는 다른 풍경이 펼쳐져 있어서

괜찮아?
묻는 너에게 괜찮다고 답했다

이미 누가 살다 간 것 같은 방, 다음 날 정오까지는 나
가야 한다
어지러운 화장대 위에는 작은 식물이 기울어져 있고,
빛을 향해 서서히 기울고 있다

저녁인데 아직도 밝아
놀란 척하는 너의 마음을 이해하는 척했다 무엇을 기대
하고 있는지는 알 수 없었지만

낮 동안 있었던 일들을 생각했다
조금은 슬프면서 조금은 웃기는, 아름답지 않은 모든 일
들을
평행 상태에 도달하는 두 속도의 가운데에서

장 아래로 지나가는 오토바이의 뒷모습이 하나의 점에
수렴되어 가는 것에 잠깐 정신이 팔린 동안
　식물은 어느새 더 기울어져 있었다

　식물이 식물의 속도로 나아가고 있을 때
　내일이 오지 않으리라는 것을 나는 직감했다

　창밖은 붉은빛으로부터 다른 것으로 서서히 이동해 나
갔다
　왜 자꾸 커지지? 나도 모르게 말이야 이 어두운 것
이⋯⋯
　혼잣말하는 너를 끌어안자 너의 젖은 몸이 느껴졌고

　나는 커튼을 닫았다
　아니지?
　묻는 너에게 아니라고 답하며

서울대공원

모르는 새들로 가득한 거대한 새장
우는 소리, 푸드덕 소리, 전부 뒤섞이며 이상한 완벽함을
선사한다

Do not feed this animal
경계선에 매달리거나 안으로 들어가지 마십시오
우리 안에 있는 것보다 먼저 보게 되는 것이 있다

흰 공작을 보며 신이 있다면 저런 게 아니었을까, 네가
말했고
과연 그럴 수도 있겠군

오래 들여다보면 소리를 지르고 펄쩍 뛸 것 같았다

그러니 잠깐만, 눈을 감아 보세요
신성을 망치지 마세요

우리 밖에 쓰인 말을 따랐다
입구와 출구가 나란한 길을 따랐다

신다가 잠깐 졸기도 한 것 같았다

그래도 오늘은 좋았지, 그동안 안 좋았던 일들은 모두 잊자
그렇게 한다면, 그렇게 된다면
새로운 인생이라는 것도, 새롭지 않은 인생이라는 것도 다 시작되는 것 아닐까?
의외로 따뜻한 흰 공작을 쓰다듬으며 네가 말했다

돌아온 방에 누웠을 때, 잠든 너의 숨소리가 조용한 실내에 울려 퍼졌는데

그것이 고맙고 징그러웠다

예언자

차를 마시고 싶어서 찻잔을 만지려다 연거푸 실패했다
그리고 나는 알아차린 것이다 찻잔이 죽어 버렸다는 것을

눈이 많이 내리는 저녁이었다

두 사람은 다정하고, 두 사람은 충분하다
다른 것은 생각할 수 없을 정도로

그 사람을 안아 줘야지, 나는 생각했지만 그러다 알아차
린 것이다
눈이 많이 내리는 저녁이었다는 것을

교회에 갔는데 광목으로 두 눈을 가린 이가 있었다
내가 올 줄을 알았다고

혼자서 눈밭을 걸었다

눈이 많이 내리는 저녁이었고,
나는 알아차렸다 무서운 일이 벌어지고 있다는 것을

엔드게임

　바깥은 늦은 저녁이고, 바깥은 늦은 저녁의 공원이다 공원이 아닌 곳이 없다 어린 것들은 눈을 감고 노인들은 두 눈을 뜬 저녁이다 공원에는 끝없는 게임을 계속하는 노인들이 있고, 날아다니지 않는 새가 있고, 흔들리지 않는 나무가 있고, 너무 익숙해진 풍경이라서 이게 마지막이라는 것을 믿을 수 없다

　나는 눈을 떴다
　나뭇가지 위로 작은 잎들이 빽빽하게 돋아나 있었다

유독

아카시아 가득한 저녁의 교정에서 너는 물었지 대체 이게 무슨 냄새냐고

그건 네 무덤 냄새다 누군가 말하자 모두가 웃었고 나는 아무 냄새도 맡을 수 없었어

다른 애들을 따라 웃으며 냄새가 뭐지? 무덤 냄새란 대체 어떤 냄새일까? 생각을 해 봐도 알 수가 없었고

흰 꽃잎은 조명을 받아 어지러웠지 어두움과 어지러움 속에서 우리는 계속 웃었어

너는 정말 예쁘구나 내가 본 것 중에 가장 예쁘다 함께 웃는 너를 보면서 그런 생각을 하였는데

웃음은 좀처럼 멈추질 않았어 냄새라는 건 대체 무엇일까? 그게 무엇이기에 우린 이렇게 웃기만 할까?

꽃잎과 저녁이 뒤섞인, 냄새가 가득한 이곳에서 너는 가

장 먼저 냄새를 맡는 사람, 그게 아마

예쁘다는 뜻인가 보다 모두가 웃고 있었으니까, 나도 계
속 웃었고 그것을 멈추지 않았다

안 그러면 슬픈 일이 일어날 거야, 모두 알고 있었지

개종 5

여름
성경학교에
갔다가

봄에
돌아왔다

4부

혼자서 본 영화

오랜만에 그를 만났다 그와 영화를 봤다

그건 일상의 슬픔과 고독에 대한 영화였고,
가는 비가 내리는 장면이 너무 많았다

지나치게 절제된 배우의 연기가 계속되었다 그건
내 인생을 베낀 각본에 의한 것이었다
파르르 떨리는 배우의 눈썹이 화면을 가득 채웠고

영화가 끝나자 스탭롤이 올라갔다 그는 죽어 가는
군인이 휘파람을 불 때 조금 울었다고 했다

하지만 그 영화에는 그런 장면이 없었고,
내가 말해도 그는 믿지 않았다

그와 함께 집으로 돌아갔다 저 멀리서
비옷을 입은 아이들이 걸어가고 있었다

세컨드 커밍

내게 길을 묻는 사람이 있었다 그가 가고 나서야 길을
잘못 일러 준 것을 알았다

나는 결정을 앞두고 있었다

거기 몰두하느라 검은 거위가 길을 따라 내 옆에 선 것
도 몰랐다 내가 눈을 주자 검은 거위는 기다렸다는 듯 울
기 시작했다
거위는 세상없이 울었다

울다가 간혹 눈을 감았다 여기까지를 반추하는 양, 반추
하다가 외로워진 양 그랬다
나는 열심히 홰를 치는 거위가 불쌍해서 말도 걸어 보
고 손도 내밀어 보았지만 검은 거위는 검은 거위의 울음만
계속했다

나는 맥락도 출처도 알 수 없는 그것이 곤란했다 검은
거위는 들어 본 적 없는 기묘한 목청으로 울기만 했다

나는 결정이 노달하고 있는 줄을 알았다

　날이 무더워 눈앞이 아찔했다 멀리서 내게 길을 묻던 사
람이 이리로 오는 것이 보였다
　결정적인 순간이 나의 머리 위에서 선회하고 있었다 검
은 거위가 장단을 맞추며 계속해서 울었다

히스테리아

눈을 떴을 때 지난밤의 꿈을 기억하고 있다

꿈에서 본 것이 깨어나서 본 것과 거의 일치해서
어리둥절해한다

숨죽여야 해,
그 사람이 문밖에 서 있으니까

바닥에 뭉친 먼지들, 오래 살았던 흔적,
그건 꿈속에서의 일이지 지난밤에는 대체 무슨 일이 있
었는가?
무슨 일이 있었다니,

이상한 소리다 문을 두드리는
소리 같은 것

나는 문을 열지 않았다
열어 봤자 아무도 없다는 걸

알아 버렸으니까

나는 문을 두드렸다

무화과 숲

쌀을 씻다가
창밖을 봤다

숲으로 이어지는 길이었다

그 사람이 들어갔다 나오지 않았다
옛날 일이다

저녁에는 저녁을 먹어야지

아침에는
아침을 먹고

밤에는 눈을 감았다
사랑해도 혼나지 않는 꿈이었다

서글픈 백자의 눈부심

박상수(시인 · 문학평론가)

1 '미래의 과일'이 도착하였습니다

2012년, 마침내 황인찬의 첫 시집이 도착했다. 많은 사람들이 기다렸다. 등단 후 2년이라는 짧은 기간 안에 첫 시집을 상재했다는 것. 그만큼 많은 사람들이 다양한 지면에서 황인찬의 시를 호명했다는 뜻일 터이다. 시간의 축적을 시적 완성도의 주도적인 기준으로 삼는 사람들이라면 혹시나 하는 염려로 그의 시를 골똘히 들여다보겠지만 폭과 깊이를 재어 볼수록 놀랄 것이다. 거의 전편이 고른 완성도를 자랑할 뿐만 아니라 시간의 풍화에 저항하겠다는 듯 담백하면서도 유려하게 제 기량을 마음껏 발휘하고 있으니. 황인찬은 최근 첫 시집을 발간하기 시작한 일군의 젊은 시인들 중에서도 특히나 안정적이면서도 눈에 띄는 존재감을 지닌 시인이다. 그래서 하는 말이다. 이 신선한 '미래의 과즙'을 한 번에 들이켜지 말고 천천히, 마침내 자연스러운 경탄으로 입이 벌어질 때까지 오래 음미하여 보자. 우리의 향유를 능히 견디고 견인(牽引)할 시집, 실로 오랜만이다.

2 신비의 전도사

물론 황인찬의 시는 '도취'와는 어울리지 않는 것처럼 고요하다. 표면적으로는 애초에 그 어떤 감정의 너울도 경험해 본 적이 없다는 듯 황인찬의 시적 주체는 격앙되는 법이 없고 크게 절망하여 한탄하는 일도 없다. 그저 너를 그대로 지켜보는 것으로 나의 일을 다하였다는 듯이 담담하게 대상을 바라볼 뿐이다. 불현듯 여기서 이상한 '공백'이 발생한다.

기왕의 한국 시에서 묘사를 위해 대상과 일정한 거리를 두고 대상을 관찰했던 주체의 작용과는 질적으로 다르다. 끝내 주체 쪽으로 끌어당기기 위한 거리 두기가 아니라 존재를 있는 그대로 받아들이려는 거리 두기다. 분명 황인찬의 시적 주체는 대상을 인간주의적 관점으로 해석하거나 주체의 정념으로 일렬 배치하는 서정시의 기율 대신 사물의 사물성과 순수성을 침범하지 않으면서 보존하려는, 김

춘수로부터 시작된 한국 시의 저 오래된 반인간주의의 전통을 계승하는 것처럼 보인다. 공백은 시간을 정지시키고 소음을 지우면서 스며들 듯 사방으로 번져 나가고 그와 대상이 만나는 곳은 그곳이 어디든 이내 정적에 둘러싸여 이상하고 신비로운 세계로 변한다. 이렇게 만들어진 공백 속에는 쉽게 대상을 규정하거나 침범하지 않으려는 품격이 있고 배려가 있으며 예절 바름이 있다. 20대의 젊은 시인이 갖추기 힘든 기량이다. 주체의 편에서 치열하게 대상과 싸우거나, 대상을 변형하고 왜곡하는 시에 조금은 지친 사람이라면 황인찬의 시가 주는 깊은 위로에 마음을 빼앗길 수밖에 없다. 그렇다. 그는 무례함이라고는 알지 못하는 사람처럼 이 세계를 지긋이 지켜본다.

매혹은 어디에서 올까. 그의 인상적인 등단작 중 한 편인 「단 하나의 백자가 있는 방」을 읽을 때, 어째서 지긋한 바라봄의 끝에서 '백자'는 우리 마음속에서 하나의 순결한 이미지로, 깊은 울림을 남기며, 이토록 오래 은은하게 빛날까?

조명도 없고, 울림도 없는
방이었다
이곳에 단 하나의 백자가 있다는 것을
비로소 나는 알았다
(……)

나는 단 하나의 질문을 쥐고
서 있었다
백자는 대답하지 않았다

수많은 여름이 지나갔는데
나는 그것들에 대고 백자라고 말했다
모든 것이 여진했다

(……)

사라지면서
점층적으로 사라지게 되면서
믿을 수 없는 일은
여전히 백자로 남아 있는 그
마음

여름이 지나가면서
나는 사라졌다
빛나는 것처럼 빛을 빨아들이는 것처럼
　　　　　　　—「단 하나의 백자가 있는 방」에서

　아득하여라. 정서의 파동은 우리를 아름다움 쪽으로 길
게 이끌어 간다. 조명도 울림도 없는 방에 있는 단 하나의 백자. 무척이나 비현실적이다. 비현실적이어서 관념적이지만 이상하게 신비하다. 게다가 백자는 속이 텅 비어 있지 않은가? 어떠한 핵심과 실체도 없는 무(無)를 연상시킨다. 그럼에도 실존하는 것처럼 느껴지는 이상한 백색의 존재감. 주체의 호명을 거치면서 백자는 "수많은 여름"이 되었다가 다시 "단 하나의 여름"으로 변모한다. 빛이 가장 선명하게 제 존재를 드러내는 여름. 여름의 하얗고 눈부신 빛. 산란하는, 그러나 결코 손에 잡을 수 없는 여름의 텅 빈 실감들. 이 무한한 여름이 백자로 수렴될 때, 이제 외부의 침범도 없는 순결한 방 안에서 빛을 빨아들이는 것처럼 빛나는 "단 하나의 백자"는, ……어쩐지 유일한 동시에 무한한 신의 형상을 떠올리게 하지 않는가?

　"신의 역동성은 (……) 빛으로부터 쏟아져 나와 세계를 밝혀 주는 빛의 광선과 같다. 그것은 본질적으로 밝혀질 수 없고 이해될 수 없는 신을 간접적으로 드러낸다."(카렌 암스트롱, 『신의 역사Ⅱ』)는 말처럼 "단 하나의 백자"는 그것이 '백자'여서 신비한 것이 아니라 '빛'으로 실체화되면서 불가해한 '신'의 형상을 암유하고 있기에 무한히 신비로운 느낌으로 우리를 적신다. 그는 "백시(白視)"의 마음으로 지상의 모든 것을 본다.(「돌이 되어」) "흰 공작을 보며 신이 있다면 저런 게 아니었을까"(「서울대공원」)라는 구절에서 우리는 이 시집에서 드물게 나타난 "신"이라는 단어와 마주하게 되지만 그의 더 많은 다른 시(이를테면 「개종」 연작들) 혹은 더 많은 구절("나는 좋은 곳을 믿는다/ 나는 아무 말도 하지 않는다"(「순례」))에서 "신"이라는 말 없이도 희디흰 빛을 배면에 거느린 존재의 형상을 감지하고는 말로 표현할 수 없는 이상한 성스러움에 사로잡힌다. 그는 가장 사랑하는 사람을 대하듯 섬세하게 대상을 지킨다. 인간의 역사 안에서 유한하고 깨지기 쉬운 사물들은 황인찬의 시 안에서 초역사적이고 초자연적인 사물로 오래 보존되는 것이다.

3 신비의 관능성과 그 감각화

성스러움이 한 번으로 그쳤다면 잔상이 이토록 오래가지 않았을 것이다. 성스러움은 대체로 두 번 반복된다. 그의 시적 주체는 자칫 아무런 행동도 하지 않고 무조건 성스러운 대상을 발견하여 지켜보는 것처럼 보이지만 그렇지 않기에 특별하다. 오히려 아주 세련된 방식으로, 그러나 너무나 온화하면서도 관능적으로 신의 형상을 이 땅에 구현해 낸다. '성(聖)'과 '속(俗)'으로 나누어진 세계 중 '속(俗)'에 거주하는 자가 제 몸을 매개로 삼아 이 땅에서 신의 뒤를 따르려는 듯한, 지극히 능동적인 몸짓이다.

바로 이것이 두 번째 신비다. 황인찬의 시는 사실 표면은 고요하나 심층은 역동적인 그런 시다. 그는 멀리 있는 신성을 누구보다 예민하게, 게다가 관능적으로 감각하는 존재이기도 하면서 그 신성을 자신의 육체를 통과시켜 이 땅에 적극적으로 구현해 내는 '감각의 전도사'다. 다음이 그 작동법의 표준이다.

①성(聖)의 발견 ― ②속(俗)의 자각과 확인 ― ③속의 세상에 성스러움을 구현 · 현현(顯現)

'책 속에만 존재하던 비현실적인 어린 새(①)'가 '쾌청하고 조용한 이 땅(②)'에서 '물을 튀기는 새로 실체화되어 실제로 거리를 젖게 만들었을 때(③)'(「구관조 씻기기」), '저 먼 이국의 센트럴파크의 너(①)'와 여기 '중앙공원의 내(②)'가 "갑자기 가로등에 불이 들어"오고 "내가 어둡다, 말하자/네가 It's dark, 말한다"로 연결되면서 뒤바뀐 낮밤의 대칭과 균열을 극복하고 잠시 하나로 결합(③)한 듯한 부드러운 환희에 빠져들 때(「듀얼 타임」), 불현듯 우리가 사는 세계는 완성과 종합이라는 감각에 휩싸이면서 신비롭고 아름다워진다. 특히 그는 ①을 지상에 재현하려 할 때, 인간적인 생기를 품고 있는 현실과 오히려 반발하듯 분리되면서 강한 비현실감과 소외감에 휩싸인다. 역설적으로 바로 이러한 자신의 격리감과 비현실성을 통해 속의 공간을 박리하고 신성의 재현을 예언한다.

1부의 매력적인 시 중 한 편인 「서클라인」에 탑승해 보

자. 이 시에서 ①, ②, ③은 순서가 뒤바뀌면서 변주된다. 처음 윤리적 불편함을 전해 주는 존재에 불과했던 '노인'(②)은 지하철이 지상으로 올라가면서 '빛'에 둘러싸인 신비로운 존재로 탈바꿈된다(①). 세속의 노인은 광배에 둘러싸인 신의 형상으로 전환된다. 그는 몸을 가지런히 하고 침묵으로 승인하면서 대상을 보존한다. 이제 '서클라인'은 성과 속을 이어주는 매개로 기능하게 되고, 종교적 상징이자 의미심장한 도상으로 변모한다. 그리고 문득 지하철 안내 방송에서 들려오는 소리. "선릉역, 선릉역 말하자 선릉역에서 서는 것"이라는 결구는 지극히 평범했던 안내 방송을 일종의 예언과 계시로 전환시키면서 우리가 사는 이 세계를 일순 기이한 물질적 황홀의 공간으로 뒤바꾼다(③). 귀가 간지럽다. 주술적인 에로스가 넘쳐흐른다. 이런 점이 놀랍다는 것이다. 기어이 우리가 감동하게 되는 지점도 여기다. 지하철의 안내 방송이 마치 신의 목소리처럼 들릴 때, 어쩌면 우리는 죄 사함을 받고 신의 정원에 첫발을 내디딘 사람처럼 순결해지는 것이 아닌가. 신의 관능적이고 아름다운 목소리는 이처럼 아득하고 부드럽게 우리의 육체에 당도한다.

4 행동 과잉의 시대, 나는 아무것도 하지 않습니다

그렇다. 신성(神聖). 최근의 어떤 젊은 시에서 우리가 신성을 경험한 적이 있었던가? 그의 독특한 시적 자질의 핵은 그가 절대로 이를 직설적으로 제안하지 않고 지극히 자연스럽고도 아름다운 장면으로 그린다는 점일 것이다. 덧붙여 그가 대상을 쉽게 침범하지 못하는 이유도 여기에 있다. 그의 시를 읽다 보면 그것이 어떤 대상이든 간에 주체와 대상 사이에 동시적으로 발생하는 '이상한 격리감'을 느낄 수 있다. 이렇게 설명할 수 있으리라. 그는 지상의 모든 존재를 신성의 잠재적 구현자로 예감하고 있기 때문에 감히 신을 만질 수 없는 수행자처럼, 마치 울타리를 넘어가서는 안 된다고 믿는 신자처럼 어떤 종교적인 염결성으로 대상을 바라본다고 말이다. 공백은 격리감으로 뒤바뀐다. 그야말로 신성한 격리감이다.

격리감은 바라봄을 통해 극복된다. 따라서 이 바라봄은 감각적이고 관능적이다. "계절이란 말보다 계절감이라는 말이 좋듯"이(「유체」) 실체를 만질 수는 없지만 실체를 생각하고 바라보는 것만으로 그는 이미 실체를 감각한 것처럼 대상과 연결된다. 그의 시가 의외로 촉촉하고 감각적인 이유다. 실체보다는 실체를 가리키는 언어에서 더욱 예민하게 에로스를 탐지하는 사람이라고 할까. 백자의 내부는 텅 비어 있지만 그는 이미 '백자'라는 말을 통해 백자를 감각하고 있으며, 여름의 내부가 텅 비어 있지만 이미 그는 여름을 자신의 육체 속에서 눈부시게 되산다.

그는 비록 "마음이 어려 신을 믿지 못했다"(「낮은 목소리」)라고 말하지만 그것은 시적 주체가 자신을 천상으로 올려 보내는 일보다는 신을 이 땅으로 구현하는 데에 스스로를 바치려는 무의식적인 희생정신을 지니고 있기 때문이라고 보는 편이 옳다. 따라서 그가 펼쳐 보이는 행동은 그것이 아무리 일상적이고 평범한 행동이라 할지라도 하나하나 이 세계를 성스러운 공간으로 만들기 위한 의미심장한 제의의 일부가 된다. 그는 어린 양(대상)을 죽이고 피를 내어(변형·왜곡) 신에게 바치는 제사장이 아니라 어린 양(대상)을 살리고 순백으로 지켜(보호·보존)서 신성의 구현을 추구하는 백색의 간달프다.

사정이 이러하니 "말린 과일은 당도가 높고, 식재료나 간식으로 사용된다 나는 말린 과일로 차를 끓인다// 말린 과일은 뜨거운 물속에서도 말린 과일로 남는다/ 실내에서 향기가 난다"(「건조과」)는 구절처럼 심지어는 차를 끓여 마시는 아무렇지 않은 일상도 세속의 잡다한 관념에서 벗어나 오로지 그 대상과 순결하게 관계 맺으며 신성을 제련하는 구도 행위가 된다. "말린 과일은 계속 말린 과일로 남는다"는 이 단순한 문장이 어째서 시적인 향기를 전달하게 되는지 이제는 되묻지 않아도 되겠다. 시적 주체의 모든 행동은 '무심하고 담백한 영원성'을 반복하고 상기시키는 의

식이다. 말린 과일의 실체는 미지의 'X'로, 여전히, 그러나 영원히 이 속세에 남는다. 그는 무한한 전체로서의 대상을 이처럼 보존한다. 인간의 여하한 관념에도 침범당하지 않은 순백의 신성을 보존하겠다는 듯이 그는 사물과 행위의 인간주의적인 내를 시운나. 이로써 그의 시는 일상을 소재로 삼고 있지만 일상을 뛰어넘고 무한한 해석의 심층과 숨골을 품게 된다.

이 대목에서 덧붙여 생각해 볼 것은 황인찬의 시가 시대의 가장 강력한 항체 역할을 할 가능성을 내포하고 있다는 점일 터다. 우리는 알고 있다. 지금 이 시대는 무언가를 할 수 있는 자유는 있지만 하지 않을 자유는 없다. '지나친 긍정성의 사회'다. 『피로사회』의 저자 한병철에 따르면 긍정성이 지나치게 과잉될수록 오히려 수동성이 증가한다. 대상의 지배에 완전히 종속되면서 더 빨리, 더 많이, 생산하기에 골몰한다. 그런 의미에서 자본주의 사회는 소비사회가 아니라 지독한 생산 사회임을 우리는 이미 안다. 일단 많이 생산해서 많이 팔아야 한다. 멈추면 도태된다. 정지하면 버림받는다. 당연히 이러한 '가속화와 활동 과잉(무한한 생산의 궤도)'에 빠진 사람들의 시간적 지평은 좁다. 반성과 성찰을 수행할 시간이 없다. 자신이 어디로 가는지도 모르는 채 눈가리개를 한 늙은 경주마처럼 그저 앞으로 달려갈 뿐이다. 연골이 무너지고 굽이 빠질 때까지. 이런 맥락에서 황인찬의 시가 소중해진다. 황인찬의 시적 주체는 무엇을 해야 할 순간에 '무엇인가를 하지 않음'으로써 시간을 정지시키고 시야를 확장하며 대상을 보존한다. 가속이 아니라 정지고 변형이 아니라 보존이다. 봉쇄수도원의 수행자를 연상시키는 독특한 문명 제어법이다. 그는 생산의 사이클 속에서 대상을 소진시키는 법이 없다. 대상과 주체는 멈추어 선 채로 최초의 순간으로 역진화한 존재들처럼 침묵 속에서 서로를 응시한다. 공백이 만들어 내는 순백의 사유이자 감각. 이를 주목할 만하다는 것이다.

그렇지만 의문은 든다. 황인찬의 시는 앞 세대 '귀족주의'를 표방했던 어떤 선배 시인들처럼 '무한'에 자신을 의탁하는 것은 아닌가? 자신을 무한의 구현자로 제공하면서 더욱 거대한 시적 자아의 단계로 상승한 듯한 힘을 만끽하고 있는 것은 아닌가? 그렇지는 않은 것 같다. 그의 시적 주체는 신성의 발견과 구현이라는 심층의 정신 작용을 펼치기는 하지만 그것은 성공보다는 실패에 이를 때가 많다. 감각이 발달한 사람들은 이미 짐작하였겠지만 실상 이 시집에서 빛을 되살려 내는 아름다운 시편들은 대개 1부에 집중되어 있을 뿐 나머지 2, 3, 4부는 오히려 회색이나 검은색쪽에 가깝다. 끝내 빛의 구현에 실패한 자들의 은밀한 고통. 신성의 구현에 내재한 회복할 수 없는 균열들. 마침내 도달한 파국의 심연을 보여 주는 시편들. 그렇다. 이제부터 이것에 대해 말할 차례다.

5 죄의식의 연대감과 윤리성

황인찬이 실패에 대해서 말할 때, 대상과의 격리감, 대상을 통해 느껴지는 비실체성·비현실감은 신성의 재림을 예비하거나 신성 그 자체의 증거이기도 하지만 오히려 더욱 근본적으로 '나는 과연 살아 있는 것일까?'라는 근본적인 질문을 불러일으키는 불안의 계기로 작동한다. 결론부터 이야기하자면, 황인찬의 시가 아름다우면서 서글픈 이유가 바로 여기에 있다. 다시 생각해도, 이 대목은 안타까울 정도로 우리를 아프게 한다.

"혼자 집에 앉아서 물을 마셨다/ 한 번 마시면/ 멈출 수 없었다// (……)// 아무도 없는 집이 심심했다 말 걸어 주는 사람도 없고/ 살아 있는 사람도 없었다"(「물의 에튜드」)라고 말할 때, 이 세상에 거의 혼자 내버려진 듯한 공허함을 어찌해야 할까. 또는 "이곳에는 생활이 없다"(「독개구리」)라고 말할 때 찾아드는 일상의 비현실감 혹은 평범한 외로움의 지독한 파열. "아무 일도 일어나지 않은 것이다 아무것도 빼앗기지 못한 것이다 매미 소리가 징징징 울리고 있는데// 이젠 정말 끝이구나, 네가 말"(「말종」)할 때 더 이상 희망은 없는 것처럼 느껴지는, 이 설명할 수 없이 차가운 비의감이라니.

속세에 속한 자로 이 세계를 살아가기 위해서는 어떻게 해서든 대상(타자)과 만나고 관계를 맺어야 한다. 당연히

배신과 질투, 미움과 원망, 상처와 고통이 발생한다. 살과 살이 만나고 입술과 입술이 만나서 냄새를 피우고 사랑을 하고 또 눈물을 주고받는 일의 연속이기에 그렇다. 하지만 성스러움은 어떤가? 이러한 현실에서 멀리 있어야 한다. 실체가 완전히 드러나지 않고 암유되어야만 한다. 그래야 무한한 전체가 된다. 황인찬의 시적 주체는 그 생래적인 기질상 주체와 대상 간의 공백이 사라지는 것을 견디지 못한다.

세 가지 이유에서 그렇다. 첫째, 그의 시적 주체는 너무 순수해서 뭔가 한다는 것 자체가 금새 그 순수를 더럽히는 일처럼 느껴지기에 차라리 두고 보는 편을 택할 때가 많다. 둘째, 손을 대는 순간 결정적으로 그를 가장 황홀하게 만드는 성스러움이 오염되기에 기질상 무언가를 하지 않는 쪽에 자신을 둔다. 셋째, 그가 신성을 구현하기 위해서는 지상의 질서에 결속되어 살아가서는 안 되기 때문에 그는 어떤 의미에서 자발적으로 비현실성과 비실체성이라는 이상한 격리감의 상태를 유지하려고 한다. 이 셋은 사실 하나로 묶인다. '신성의 구현'이라는 점에서 서로 맞물리며 황인찬의 시적 주체가 무언가를 하려고 할 때 오히려 그 일을 하지 않도록 영향력을 발휘한다. 이 해결할 수 없는 역설과 궁지가 황인찬 시의 매력적인 발화 포인트다. 세속의 인간들은 이 불협화음을 어떻게든 조화로운 행동 지침으로 가지치기하고 싶어 하지만 시인들은 다르다. 해결할 수 없는 주체의 역설을 존재 기반으로 인정하고 바로 이

지점에서 이상한 목소리를 길어 올린다. 황인찬은 시인이다. 자신과 대면하여 절대 도망가지 않는 시인이다.

가까이 가서 사물(타자)을 만지고 껴안아야 관계가 발생하고 현실의 생생한 실감이 발생하지만 그렇게 되면 성스러움이 사라지게 되니 심미적으로 이러한 관계를 꺼린다는 점! 연인과의 관계를 다룬 시편들(「저수지의 어둠」, 「기념사진」, 「속도전」, 「예언자」)에서 그가 맞닿은 피부의 감각 혹은 성적 뉘앙스를 풍기는 관계들을 불길하고 부정적으로 해석하게 되는 것도 여기서 연유한다. 손을 대면 무한한 전체가 훼손되는 것이다.

이렇게 사물과 만나지 못하는 삶이 계속되다 보니 역설적으로 그는 비실체적이고 비현실적인 격리감이 지속되어 도무지 자신이 살아 있는 것인지 죽어 있는 것인지를 실감하지 못하는 이상한 감각의 상태로만 자기 삶을 자각하는 상태에 이른다. 비극이다. 해결할 수 없는 파탄이다. 그가 신성의 전도사이자 백색의 간달프로서 치루어야 할 혹독한 대가다. 그의 시에서 자주 이상한 내면의 목소리가 튀어나올 때 우리는 바로 이 처연한 불행함을 느낀다. "돌이킬 수 없는 일이 일어나 버렸어/ (……)/ 돌이킬 수 없다는 건 돌아갈 수 없다는 뜻이야"(「면역」)라는 되뇜은 바닥 밑에 더 깊은 절망이 있음을 상기시키는 말처럼 들린다. "물속은 조용하구나 그래도 목은 마르다/ 그렇게 중얼거렸는데/ 지금 말한 건 누구? 목소리가 들려오는 것이었다 이해할 수 없는 일이 너무 많았다"(「물의 에튜드」)고 말할 때 찾아오는 불가해한 비극성에 대한 자각. "바다에 있었는데, 겨울이었다 잘못 들은 소리가 들려왔다 당신 아이가 바다에 빠졌습니다 당신 아이가 바다에 빠졌다구요// 빠졌다구요?// 바닷가에는 사람이 없다"(「파수대」)라고 말하는 상황이 전해 주는 돌연한 두려움과 상실감까지. 무섭고 섬뜩하며 동시에 쓸쓸하다. 황인찬은 자신을 스스로에게서도 격리시키고 타자에게서도 격리시킨다. 그의 시적 주체는 우리와 동시대를 살고 있지만 비동시적인 세계를 같이 살고 있는 자이기도 하다. 이제 그는 '하지 않는 것'이 아니라 '할 수 없는 상태'로 빠져들면서 기이한 무력감에 시달린다. 끝이 없는 얼음평원에서 죽지도 않고 오래 사는 삶(「항구」). 외롭고 비극적이지 않은가. 하지만 미감의 차원뿐 아니라 윤리성의 차원에서 그의 시적 주체를 '무위(無爲)'의 상태로 제어하는 또 하나의 힘이 있음을, 우리는 어쩔 수 없이 인정해야 하는 순간에 도달하고 만다.

교탁 위에 리코더가 놓여 있다
불면 소리가 나는 물건이다

그 아이의 리코더를 불지 않았다
아무도 보지 않는데도 그랬다

보고 있었다

섬망도 망상도 없는 교실에서였다

─「레코더」

이 짧고 담담한 시 한 편은 어째서 쓸쓸하면서도 아린 지경으로 우리의 감정을 붙들어 놓을까. 아무도 없는 교실 탁자 위에 놓여 있는 리코더. 시각뿐 아니라 청각의 관능성에 민감한 그의 특성상 리코더는 주체에게 너무나도 매력적인 사물이 아닐 수 없다. 대개의 인간이라면 욕망이 생기는 것은 당연하고, 그래서 갖고 싶고, 만약 리코더를 갖지 못한다면 한 번 불어라도 보고 싶을 것이며, 마지막에는 손을 대어 쓰다듬어라도 볼 터이다. 그게 사물을 대하는 보편의 인간이 펼칠 수 있는 행동의 상상 범주다.

그런데 황인찬의 시적 주체는 다르다. 누구 보는 사람이 있는 것도 아니고, 심지어는 섬망도 망상도 없는 지극히 '정상적인 정신 상태'의 주체가 펼쳐 보이는 행동을 보라. 그는 그저 바라본다. 투명하고 담담하게 계속 바라본다! 자신의 손이 닿는 과일마다 썩어 있음을 발견했던 「원정(園丁)」의 김종삼처럼, 마치 자신이 손을 뻗기만 하면 죄를 짓게 될 것임을 예감하는 사람이라니. 시적 주체는 도저한 죄의식에 사로잡혀 아무것도 하지 않는다. 행동의 모든 것이 죄와 연결되는 프로세스를 지닌 사람에게 차라리 가장 행복한 순간은 아무것도 하지 않는 순간이 아닐까. 세상에 이런 사람도 있을까. 있다. 그 사람이 바로 황인찬이다. 대신 이런 식의 '무위'에는 슬픔이 장막처럼 드리워 있다. 죄의식의 차원에서 이미 더럽혀진 자신을 발견하고 꾹꾹 울음을 눌러 참는 자의 비감이 서려 있기에 그렇다. 그런 의미에서 "여섯 살 난 하은이의 인형을 빼앗아 놀"다가 결국 너무 무서워서 울음을 터뜨리고 말았다(「의자」)는 시는 기이하면서도 익숙하다. 처음으로 시적 주체가 일종의 '나쁜 짓'을 저지르는 것으로 시가 출발하기에 기이하지만 아니나 다를까, 행동을 수행한 순간 내면화된 초자아의 목소리에 스스로 추궁을 당하다가 결국 죄를 인정하고 울어 버리는 것은 또 한편 익숙하다. 이전의 인용 시에서 "바다에 있었는데, 겨울이었다 잘못 들은 소리가 들려왔다 당신 아이가 바다에 빠졌습니다 당신 아이가 바다에 빠졌다구요// 빠졌다구요?// 바닷가에는 사람이 없다"(「파수대」)라고 말할 때, 이 자기 반영적 메아리에는 파수대에 서서 죄를 추궁하는 신의 목소리가 배어 있다. 이제 할머니가 가리킨 "언덕 위의 법원"은 우리의 상상 체계 속에서 '언덕 위의 교회'와 겹치고, "하얀색 경찰차"는 '신의 처벌과 감시'(「법원」)를 연상시키는 지경이 된다. 이들 시편들이 기이하게도 인간 본연의 죄의식과 처벌에 대한 공포심을 일깨운다는 점을 수긍하게 되는 것이다.

6 사랑해도 혼나지 않는 꿈

말하자면 백자를 백자로 두고 눈부시게 보존하게 하는 데에는 '죄의식'을 빼놓을 수 없다는 것이지만 조금 다른 각도에서 우리는 더 생각해야만 한다. 그에게 죄의식은 서러움과 공포의 발원 지점이기도 이 세계의 타자들과 만나는 매우 독특한 토대이기도 하기 때문이다. 특히 이번 시집에서는 유독 한 아이의 죽음이라는 모티브가 반복됨을 눈여겨볼 필요가 있다. 죽은 애들을 생각하며 체리 씨를 뱉는 장면(「X」), 죽은 경미가 아직 마음속에 살아 있음을 믿는 장면(「여름 이후」), 아이가 물에 빠져 죽었음을 환청처럼 듣게 되는 장면(「파수대」)들이 특히 그러하다. 이는 달걀을 깨뜨려 하수구에 흘려보내며 끝없이 미안하다고 사과하는 장면(「방사」)으로 변형되기도 하는데 바로 이러한 죄의식으로 인하여 주체는 세상 모든 존재에게 강력한 연대감을 지니게 된다. 인상적이다. 바로 이 부분에 주목해야 한다. '나'의 잘못으로 '네'가 상처를 입었으니 이 죄스러움을 갚을 길은 '너'를 오래 기억하고 더욱 충실한 신성의 구현자로 살아가는 방법뿐이다. 시적 주체가 "죽은 사람과 밥 한 그릇도 나눠 먹어야지"(「목조건물」)라고 말할 때, "그 애는 빈 의자에 앉아 있었다 추워서 그래?/ (……)/ 그 애가 악령이 아니었다면 그 애는 대체 누구였는가?"(「연인 — 개종3」)라고 말할 때, 살아 있는 존재에 그치지 않고 마침내 죽음의

지대에서 살아가는 존재들에게까지 손을 내밀 때, 이 기이한 연대감은 얼마나 눈물겨운가. 지상의 사물은 '보존'하고 저승의 존재는 '환대'한다! 세속의 인간으로서는 갖추기 힘든 태도다. 고독하지만 고결한 품성이다. 절대로 자신을 과시하거나 드러내지 않지만 자신을 바쳐 이 세계를 구원하려는 사려 깊은 고투다.

그러나 삶은 어찌할 것인가. 더 징확히 말하자. 사랑은 어찌해야 할까. 신성을 구현하기 위해 '자발적/비자발적'으로 선택한 사랑 없는 이 비현실적 삶을 도대체 언제까지 유지해야 하겠는가. 결국 그의 시적 주체가 "지나치게 절제된 배우"의 연기를 보면서 "그건/ 내 인생을 베낀 각본에 의한 것이었다"(「혼자서 본 영화」)라고 중얼거릴 때, 이 자각은 그 무엇과도 바꿀 수 없을 만큼 뼈아프다. 삶을 다 살아 버린 자의 회한이 감지되기 때문이 아니라 신성을 구현하려는 생래적인 의지 때문에, 또한 내재화된 죄의식과 자기 단죄의 공포심 때문에, 할 수 있지만 하지 않으면서 살아가야만 하는 자의 지독한 슬픔과 자기 연민이 느껴지기 때문이다. 순수하도록 눈부신 백자의 눈부심은 바로 이러한 서러움에 토대를 두고 있다. 게다가 이 서글픔은 완료형이 아니라 진행형이고 미래형이다. 그래서 슬픔은 오래 지워지지 않는다. 황인찬의 시적 주체는 자신의 몸을 바쳐서 이 세계를 구원하려는 대속자이지만 가장 연약한 한 인간이라는 측면에서는, 지금까지 한 번도 사랑다운 사랑을 해

보지 못한 자라고 불러야 할 것이다.

그런 이유로 「유독」은 이번 시집 중 가장 아름답고도 슬픈 시편 중에서도 대표작이다. 교정에서 아카시아 냄새를 제일 먼저 감지한 "너"(①). 그건 "네 무덤 냄새"라고 농담을 던진 사람(②). 말도 안 되는 주고받음에 웃음을 터뜨린 "우리"(②). 아무 냄새도 맡지 못한 채 무덤 냄새의 실체를 떠올려 보려 했지만 결국 알 수 없었던 "나"(②)도 있었다. 이 시에는 신성의 현현, 즉 ③이 없다. 이제 감정은 솟아오른다. 지금까지 계속 말해 왔던 것처럼 불현듯 '내'가 '너'에게 사랑을 느끼는 이유는 '너'가 신성(흰색의 꽃. 아카시아 냄새)의 최초 발견자(①)이기 때문일 것이다. "대체 이게 무슨 냄새냐고"라는 목소리에서 '나'의 에로스가 발생한다는 것을 눈여겨보자. 미지의 X는 무한한 전체로 보존되면서 다만 소리를 통해 간접적으로 암유된다. 황인찬의 시적 주체에게 이보다 더 감미로운 순간이 어디 있을까. 아득한 감각 속에서 그는 "너는 정말 예쁘구나 내가 본 것 중에 가장 예쁘다"는 말로 이 지극한 사랑의 매혹을 노래한다. 아주 드문 격찬이면서 최고의 도취 순간이다. 우리의 마음 역시 한없이 촉촉해진다. 그러나 ③은 잠재성으로만 실현될 뿐 결코 완료되지는 않는다. 이 시가 "모두가 웃고 있었으니까, 나도 계속 웃었고 그것을 멈추지 않았다// 안 그러면 슬픈 일이 일어날 거야, 모두 알고 있었지"로 마무리될 때, 이 웃음은 끝내 '신성의 구현'이 불가능함을 예감하는 자의 먼저 살아 버린 절망과 슬픔의 기록으로 변모한다. 덧붙여 '그토록 예쁜 너'를 사랑하지 못할 것이라는, 사랑해도 신성을 보존하면서는 너와 맺어지기 힘들 것임을 예감하는 자의 처절한 비통이 곱해진다. 아카시아 꽃잎이 흩날리는 교정의 '너(백자)'는 그래서 눈부시지만, 바로 그런 이유로 슬프게 아름답다. 마침내 그가 자기도 인식하지 못하는 상처받은 자의 심정으로, 시집의 마지막 「무화과 숲」에서, 숲으로 들어가서 나오지 않는 그 사람을 생각하며 "사랑해도 혼나지 않는 꿈"을 꿀 때, 사랑에 대한 이 단순하면서도 죄없는 열망은 지상의 연약한 인간이 내뱉는 가장 아름다우면서도 비극적인 마지막 기도(祈禱)가 된다. 아무렇지도 않게 내뱉는 이 담담한 꿈이 우리를 이처럼 오래 아프게 한다.

백자는 담담하게 아름답지만, 아름답다는 이유로 우리를 슬프게 한다. 백자는 깨어지지 않았지만 백자를 깨뜨리지 않기 위한 황인찬의 고투를 우리가 알고 있기에 이 눈부심은 황홀하면서도 슬프다. 황인찬은 거의 천성에 가까운 순수한 미감을 통해 자기도 모르는 사이에 지상의 모든 사물에 신성이라는 '보편성'을 구현하려는 지극히 인간주의적인 의지의 실현자가 되었다. 무미한 중립성을 견지하고 있는 것처럼 보이는 그의 시가 깊은 정서적 울림을 동반하는 이유가 여기에 있다. 지극히 세련되고 전위적인 언어를 구사하면서도 세대를 뛰어넘어 많은 사람들의 사랑을 받을 수 있는 이유도 마찬가지로 여기에 있다. 비극적이지만 우리는 황인찬을 이렇게 부를 수밖에 없다. 그는 인간의 옷을 입은 채로 이 속세를 살아가는, 몇 안 되는, 우리 시대의 마지막 남은 수도사이자 마법사이며 백색의 기사(騎士)다.

황인찬

1988년 경기도 안양에서 태어났다.
중앙대학교 문창과를 졸업했으며 2010년《현대문학》신인 추천으로 등단했다.
시집『구관조 씻기기』로 제31회 〈김수영 문학상〉을 수상했다.
현재 '는' 동인으로 활동 중이다.

구관조 씻기기

1판 1쇄 펴냄 · 2012년 12월 7일
1판 23쇄 펴냄 · 2024년 6월 25일

지은이 · 황인찬
발행인 · 박근섭, 박상준
펴낸곳 · (주)민음사

출판 등록 1966. 5. 19. 제16-490호
서울특별시 강남구 도산대로1길 62(신사동)
강남출판문화센터 5층 (우편번호 06027)
대표전화 02-515-2000 / 팩시밀리 02-515-2007
www.minumsa.com